AF563573

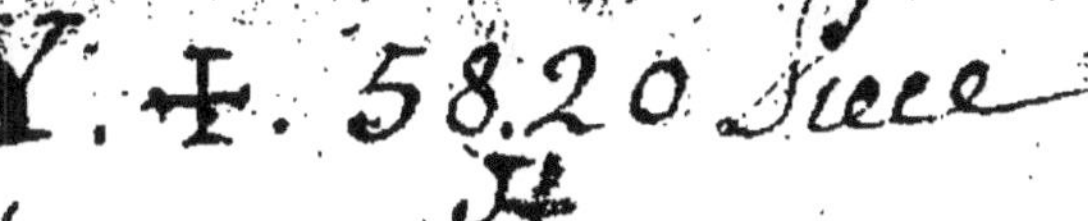

COPIE

De la troisieme Lettre de M. de VOLTAIRE *à M.* PALISSOT. *Le 18 Juillet 1760, aux Délices.*

VOTRE Lettre est extrêmement plaisante & pleine d'esprit, Monsieur, si vous aviez été aussi gai dans votre Comédie des Philosophes, ils auroient dû aller eux-mêmes vous battre des mains ; mais vous avez été sérieux, & voilà le mal ; entendons-nous, s'il vous plaît. J'aime à rire, mais nous n'en sommes pas moins persécutés. Maître

Abraham Chaumeix & M. Jean Gauchat ont été cités dans le Réquisitoire de M. Joli de Fleuri. On nous a traité de perturbateurs du repos public, &, qui pis est, de mauvais Chrétiens. Maître le Franc de Pompignant m'a désigné très-injurieusement devant mes trente-huit Confreres. On a dit à la Reine & à Monseigneur le Dauphin que tous ceux qui ont travaillé à l'Encyclopédie, du nombre desquels j'ai l'honneur d'être, ont fait un pacte avec le Diable. Maître Aliboron, dit Fréron, votre ami, veut me faire aller à l'immortalité dans ses admirables feuilles, comme Boileau a éternisé Chapelain & Cotin. Je suis assez bon Chrétien pour leur pardonner au fond de mon ame, mais non pas au bout de ma plume.

Permettez que je vous dise très-naturellement & très-sérieusement que votre Préface, donnée séparement avec votre Piéce, est une accusation formée contre mes amis & peut-être contre moi. J'en avois déja deux exemplaires avant que j'eusse reçu le vôtre. On m'avoit indiqué tous les passages où vous vous êtes trompé. Je les avois confrontés : en un mot je suis très-fâché qu'on accuse mes amis & moi de n'être pas bons Chrétiens. Je tremble toujours qu'on ne brûle quelque Philosophe sur un mal entendu. Je suis comme Mademoiselle l'Enclos qui ne vouloit pas qu'on appellât aucune femme B.... Je consens qu'on dise de moi que je suis un Radoteur, un mauvais Poëte, un Plagiaire, un ignorant, mais je ne veux pas qu'on soupçonne ma foi. Mes Curés rendent bon témoignage de moi, & je prie

Dieu tous les jours pour l'ame de frere Berthier. Frere Menoux, qui aime passionnément le bon vin, & qui a beaucoup d'argent en poche, est obligé de me rendre justice. J'ai fait ma confession de foi au Frere Latour. J'étois même assez bien auprès du défunt Pape qui avoit beaucoup de bontés pour moi parce qu'il étoit Goguenard. Ainsi ayant pour moi tant de témoignages, & sur-tout celui de ma bonne conscience, je veux bien avoir quelque chose à craindre dans ce monde-ci, mais rien dans l'autre.

J'ai vu les vers du Russe sur les merveilles du siécle. Il y a une note qui vous regarde : on y dit que vous vous repentez d'avoir assommé les pauvres Philosophes, qui ne vous disoient mot. Il est beau & bon de ne point mourir dans l'impénitence finale. Pardonnez à ce pauvre Russe, qui veut absolument que vous ayez tort d'avoir insinué que mes Philosophes enseignent à voler dans la poche: on prétend que c'est M. Fantin, Curé de Versailles, qui voloit ses Pénitentes en couchant avec elles, & ses Pénitents en les confessant: Dieu veuille avoir son ame. À l'égard de la vôtre, je voudrois qu'elle fût plus douce envers mes Encyclopédistes, qu'elle me pardonnât toutes mes mauvaises plaisanteries, & qu'elle fût heureuse.

Je vous dirai ce que je viens d'écrire à Frere Menoux. Il y avoit une vieille dévote très-acariâtre, qui disoit à sa voisine: Je te casserai la tête avec la marmite. Qu'as-tu dans la marmite, dit la voisine? Il y a un bon chapon gras, dit la dévote. Eh bien mangeons-le ensemble, dit l'autre. Je conseille aux Encyclopédistes, Jansenistes, Molinistes, à vous tout le premier, & à moi d'en faire autant.

Que reste-t-il à faire quand on s'est bien harpaillé? À mener une vie douce, tranquille, & à rire.

VOLTAIRE, *le bon Suisse.*

P. S. Voilà une F..... guerre depuis le chien de discours de le Franc jusqu'à la vision.

Ma foi, Juge & Plaideurs, il faudroit tout lier.

RÉPONSE

De M. de Voltaire *à M.* Diderot.

L'Ouvrage que vous m'avez envoyé, Monsieur, ressemble à son Auteur. Il me paroît plein de vertu, de sensibilité & de philosophie. Je pense comme vous qu'il y auroit beaucoup à réformer au théatre de Paris; mais tant que les Petits-maîtres se mêleront sur la scene avec les Acteurs, il n'y a rien à espérer. Le plus impertinent de tous les abus, est l'excommunication & l'infamie attachées aux talens de débiter en Public des sentimens vertueux; cette contradiction irrite, mais elle est encore une de nos moindres ſottiſes. J'oublie avec plaiſir dans ma retraite ceux qui travaillent à rendre les hommes malheureux ou à les abrutir : & plus j'oublie ces ennemis du genre humain, plus je me ſouviens de vous. Je vous exhorte à répandre autant que vous le pourrez dans vos ouvrages la noble liberté de votre ame, on ne mettoit pas Ciceron dans le Donjon de Vincennes, pour ſon livre *de Naturâ Deorum*. Notre ſiécle eſt encore bien barbare.

Vale & ſcribe.

www.ingramcontent.com/pod-product-compliance
Lightning Source LLC
LaVergne TN
LVHW010333230826
846091LV00009B/3852

* 9 7 8 2 0 1 9 6 6 9 5 4 6 *